U0101620

中國書店藏版古籍叢刊

小山詞

中國書店

小山詞

中國書店

中國書店藏珍古籍叢刊

出版説明

《宋六十名家詞》，明毛晋編。

毛晋（一五九九—一六五九），原名鳳苞，後改名晋，字子晋，别號潛在，江蘇常熟人。少爲諸生，嗜讀書和宋元精本名抄。年輕時即從事編校刻書，於故里構築汲古閣，專門收藏和傳刻古書，直至去世。所刻書籍，流布甚廣，著名的有《宋六十名家詞》、《十三經注疏》、《十七史》、《六十種曲》、《津逮秘書》等。

《宋六十名家詞》共分六集，包括自晏殊《珠玉詞》至盧炳《烘堂詞》共六十一家。所刻詞集的先後次序，按得詞付刻的時間爲準，不依時代排列。每家詞集之後，各附以跋語，或説明版本，

或介紹詞人，或進行評論。自該書刊刻以來，成爲流傳最廣的宋人詞集之一，是研究詞學的重要叢書。至清光緒年間，錢塘振綺堂汪氏有感於《宋六十名家詞》汲古閣原本日漸稀缺，乃據以翻刻刷印，以便學人。

今鑒於詞集豐富的文學、藝術價值，中國書店據清光緒錢塘汪氏振綺堂刊本擇取部分詞集刷印。由於年代久遠，原版偶有殘損，刷印時特參照原書對殘損之頁進行了必要補配，以保持完整。該書的出版，不僅爲學術研究、古籍文獻整理做出了積極貢獻，也爲雕版刷印古籍的收藏者提供了一部珍稀的版本。

中國書店出版社

壬辰年夏

出版説明

《宋六十名家詞》，明毛晋編。

毛晋（一五九九—一六五九），原名鳳苞，後改名晋，字子晋，别號潜在，江蘇常熟人。少爲諸生，嗜讀書和宋元精本名抄。年輕時即從事編校刻書，於故里構築汲古閣，專門收藏和傳刻古書，直至去世。所刻書籍，流布甚廣，著名的有《宋六十名家詞》、《十三經注疏》、《十七史》、《六十種曲》、《津逮秘書》等。

《宋六十名家詞》共分六集，包括自晏殊《珠玉詞》至盧炳《烘堂詞》共六十一家。所刻詞集的先後次序，按得詞付刻的時間爲準，不依時代排列。每家詞集之後，各附以跋語，或説明版本，

或介紹詞人，或進行評論。自該書刊刻以來，成爲流傳最廣的宋人詞集之一，是研究詞學的重要叢書。至清光緒年間，錢塘振綺堂汪氏有感於《宋六十名家詞》汲古閣原本日漸稀缺，乃據以翻刻刷印，以便學人。

今鑒於詞集豐富的文學、藝術價值，中國書店據清光緒錢塘汪氏振綺堂刊本擇取部分詞集刷印。由於年代久遠，原版偶有殘損，刷印時特參照原書對殘損之頁進行了必要補配，以保持完整。該書的出版，不僅爲學術研究、古籍文獻整理做出了積極貢獻，也爲雕版刷印古籍的收藏者提供了一部珍稀的版本。

中國書店出版社

壬辰年夏

諸名勝詞集刪選相半獨小山集直逼花間字字娉娉嫋嫋如攬嬙施之袂恨不能起蓮鴻蘋雲按紅牙板唱和一過晏氏父子具足追配李氏父子云古虞毛晉記

諸名勝詞集删選相半獨小山集直逼花間字字娉
娉嫋嫋如攬嬙施之袂恨不能起蓮鴻蘋雲按紅牙
板唱和一過晏氏父子具足追配李氏父子云古虞
毛晉記

小山詞

目錄

小山詞目錄終

臨江仙

宋　晏幾道

鬬草階前初見穿鍼樓上曾逢羅裙香露玉釵風靚
妝眉沁綠羞豔粉生紅　流水便隨春遠行雲終與
誰同酒醒長恨錦屏空相尋夢裏路飛雨落花中

又

身外閒愁空滿眼中歡事常稀明年應賦送君詩細
從今夜數相會幾多時　淺酒欲邀誰勸深情唯有
君知東溪春近好同歸柳垂江上影梅謝雪中枝

又

淡水三年歡意危絃幾夜離情曉霜紅葉舞歸程客
情今古道秋夢短長亭　綠酒尊前清淚陽關疊裏
離聲少陵詩思舊才名雲鴻相約處煙霧九重城

又

淺淺餘寒春半雪銷蕙草初長煙迷柳岸舊池塘風
吹梅蕊閙雨細杏花香　月墮枝頭懽意從前虛夢
高唐覺來何處放思量如今不是夢眞箇到伊行

又

長愛碧闌干影芙蓉秋水開時臉紅凝露學嬌啼霞
觴熏冷豔雲髻嫋纖枝　煙雨依前時候霜叢如舊
芳菲與誰同醉采香歸去年花下客今似蝶分飛

又

旖旎仙花解語輕盈春柳能眠玉樓深處綺窗前夢回芳草夜歌罷落梅天　沈水濃熏繡被流霞淺酌金船綠嬌紅小正堪憐莫如雲易散須似月頻圓

又

夢後樓臺高鎖酒醒簾幕低垂去年春恨卻來時落花人獨立微雨燕雙飛　記得小蘋初見兩重心字羅衣琵琶絃上說相思當時明月在曾照彩雲歸

又

東野亡來無麗句于君去後少交親追思往事好沾巾白頭王建在猶見詠詩人　學道深山空自老留名千載不干身酒筵歌席莫辭頻爭如南陌上占取一年春

蝶戀花

卷絮風頭寒欲盡墜粉飄紅日日香成陣新酒又添殘酒困今春不減前春恨　蝶去鶯飛無處問隔水高樓望斷雙魚信惱亂層波橫一寸斜陽只與黃昏近

又

初撚霜紈生帳望隔葉鶯聲似學秦娥唱午睡醒來慵一餉雙紋翠簟鋪寒浪　雨罷蘋風吹碧漲脈脈荷花淚臉紅相向斜貼綠雲新月上彎環正是愁眉

樣

又

庭院碧苔紅葉徧金菊開時已近登高宴日日露荷凋綠扇粉塘煙水澄如練　試倚涼風醒酒面鴈字來時恰向層樓見幾點護霜雲影轉誰家蘆管吹秋怨

又

喜鵲橋成催鳳駕天爲歡遲乞與初涼夜乞巧雙蛾加意畫玉鉤斜傍西南挂　分鈿擘釵涼葉下香袖凭肩誰記當時話路隔銀河猶可借世間離恨何年罷

又

碧草池塘春又晚小葉風嬌尚學娥妝淺雙燕來時還念遠珠簾繡戶楊花滿　綠柱頻移絃易斷細看秦箏正似人情短一曲啼烏心緒亂紅顏暗與流年換

又

碾玉釵頭雙鳳小倒暈工夫畫得宮眉巧嫩麴□□羣勝□鴛鴦繡字春衫好　三月露桃春意早細看花枝人面爭多少水調聲長歌未了掌中杯盡東池曉

又

醉別西樓醒不記春夢秋雲聚散眞容易斜月半窗還少睡畫屏閒展吳山翠　衣上酒痕詩裏字點點行行總是凄涼意紅燭自憐無好計夜寒空替人垂淚

又

欲減羅衣寒未去不卷珠簾人在深深處殘杏枝頭花幾許啼紅正恨淸明雨　盡日沈香煙一縷宿酒醒遲惱破春情緒遠信還因歸燕誤小屏風上西江路

又

千葉早梅誇百媚笑面淩寒內樣妝先試月臉冰肌

香細膩風流新稱稱君意　一撚年光春有味江北江南更有誰相比橫玉聲中吹滿地好枝長恨無人寄

又

金翦刀頭芳意動綵蕊開時不怕朝寒重晴雪半消花鬖鬖曉妝呵盡香酥凍　十二樓中雙翠鳳緲緲歌聲記得江南弄醉舞春風誰可共秦雲已有鴛屏夢

又

笑豔秋蓮生綠浦紅臉靑腰舊識淩波女照影弄妝嬌欲語西風豈是繁華主　可恨良辰天不與纔過

斜陽又值黃昏雨朝落暮開空自許竟無人解知心苦

又

碧落秋風吹玉樹翠節紅旂晚過銀河路休笑星機停弄杼鳳帷已在雲深處　樓上金鍼穿繡縷誰管天邊隔歲分飛苦試等夜闌尋別緒淚痕千點羅衣露

又

碧玉高樓臨水住紅杏開時花底曾相遇一曲陽春春已暮曉鶯聲斷朝雲去　遠水來從樓下路過盡流波未得魚中素月細風尖垂柳渡夢魂長在分襟處

又

夢入江南煙水路行盡江南不與離人遇睡裏銷魂無說處覺來惆悵銷魂誤　欲盡此情書尺素浮雁沈魚終了無憑據卻倚鯤絃無別緒斷腸移破秦箏柱

又

黃菊開時傷聚散曾記花前共說深深願重見金英人未見相思一夜天涯遠　羅袖同心閒結徧帶易成雙人恨成雙晚欲寫彩箋書別怨淚痕早已先書滿

鷓鴣天

彩袖殷勤捧玉鍾當年拚卻醉顏紅舞低楊葉樓心月歌盡桃花扇影風　從別後憶相逢幾回魂夢與君同今宵剩把銀釭照猶恐相逢是夢中

又

一醉醒來春又殘野棠梨雨淚闌干玉笙聲裏鸞空怨羅幕香中燕未還　終易散且長閑莫教離恨損朱顏誰堪共展鴛鴦錦同過西樓此夜寒

又

梅蕊新妝桂葉眉小蓮風韻出瑤池雲隨綠水歌聲轉雪繞紅綃舞袖垂　傷別易恨歡遲惜無紅錦爲

裁詩行人莫便銷魂去漢渚星橋尚有期

又

守得蓮開結伴遊約開萍葉上蘭舟來時浦口雲隨棹採罷江邊月滿樓　花不語水空流年年判得爲花愁明朝萬一西風勁爭向朱顏不奈秋

又

鬬鴨池南夜不歸酒闌紈扇有新詞雲隨碧玉歌聲轉雪繞紅綃舞袖回　今感舊欲沾衣可憐人似水東西回頭滿眼凄涼事秋月春風豈得知

又

當日佳期鵲誤傳至今猶作斷腸仙橋成漢渚星波

當日佳期鵲誤傳至今猶作斷[illegible]

又

東西回頭[illegible]事秋[illegible]

[illegible]

又

[illegible]

又

[illegible]行人莫便銷魂去漢渚星橋尚有期

[illegible]

又

[illegible]

又

[illegible]相逢是夢中

[illegible]

鷓鴣天

外人在鸞歌鳳舞前　歡盡夜別經年別多歡少奈
何天情知此會無長計咫尺涼蟾亦未圓

又

題破香箋小砑紅詩多遠寄舊相逢西樓酒面垂垂
雪南苑春衫細細風　花不盡柳無窮別來歡事少
人同憑誰問取歸雲信今在巫山第幾峯

又

清潁尊前酒滿衣十年風月舊相知憑誰細話當時
事腸斷山長水遠詩　金鳳闕玉龍墀看君來換錦
袍時姮娥已有慇勤約留著蟾宮第一枝

又

醉拍春衫惜舊香天將離恨惱疎狂年年陌上生秋
草日日樓中到夕陽　雲渺渺水茫茫征人歸路許
多長相思本是無憑語莫向花箋費淚行

又

小令尊前見玉簫銀燈一曲太妖嬈歌中醉倒誰能
恨唱罷歸來酒未消　春悄悄夜迢迢碧雲天共楚
宮腰夢魂慣得無拘檢又踏楊花過謝橋

又

楚女腰肢越女顋粉圓雙蕊髻中開朱絃曲怨愁春
盡淥酒杯寒記夜來　新擲果舊分釵冶遊音信隔
章臺花閒錦字空頻寄月底金鞍竟未回

又

十里樓臺倚翠微百花深處杜鵑啼殷勤自與行人語不似流鶯取次飛　驚夢覺弄晴時聲聲只道不如歸天涯豈是無歸意爭奈歸期未可期

又

陌上濛濛殘絮飛杜鵑花裏杜鵑啼年年底事不歸去怨月愁煙長爲誰　梅雨細曉風微倚樓人聽欲沾衣故園三度羣花謝曼倩天涯猶未歸

又

曉日迎長歲歲同太平簫鼓間歌鍾雲高未有前村雪梅小初開昨夜風　羅幕翠錦筵紅釵頭羅勝寫

宜冬從今屈指春期近莫使金尊對月空

又

小玉樓中月上時夜來唯許月華知重簾有意藏私語雙燭無端惱暗期　傷別易恨歡遲歸來何處驗相思沉郎春雪愁銷臂謝女香膏懶畫眉

又

手撚香箋憶小蓮欲將遺恨倩誰傳歸來獨臥逍遙夜夢裏相逢酩酊天　花易落月難圓只應花月似歡緣秦箏若有心情在試寫離聲入舊絃

又

九日悲秋不到心鳳城歌管有新音風凋碧柳愁眉

淡露染黃花笑靨深　初見雁已聞砧綺羅叢裏勝登臨須交月戶纖纖玉細捧霞觴灩灩金

又

碧藕花開水殿涼萬年枝外轉紅陽昇平歌管隨天仗祥瑞封章滿御牀　金掌露玉爐香歲華方共聖恩長皇洲又奏圜扉靜十樣宮眉捧壽觴

又

綠橘梢頭幾點春似留香蕊送行人明朝紫鳳朝天路十二重城五碧雲　歌漸咽酒初醺儘將紅淚溼湘裙贛江西畔從今日明月清風憶使君

生查子

金鞍美少年去躍青驄馬牽繫玉樓人繡被春寒夜消息未歸來寒食梨花謝無處說相思背面鞦韆下

又

輕勻兩臉花淡掃雙眉柳會寫彩箋時學弄朱絃後今春玉釧寬昨夜羅裙皺無計奈情何且醉金杯酒

又

關山魂夢長魚雁音塵少兩鬢可憐青只為相思老歸傍碧紗窗說與人人道真箇別離難不似相逢好

又

墜雨已辭雲流水難歸浦遺恨幾時休心抵秋蓮苦忍淚不能歌試托哀絃語絃語願相逢知有相逢否

又

一分殘酒霞兩點愁蛾暈羅幕夜猶寒玉枕春先困心情翦綵慵時節燒燈近見少別離多還有人堪恨

又

輕輕製舞衣小小裁歌扇三月柳濃時又向津亭見垂淚送行人溼破紅妝面玉指袖中彈一曲清商

怨

又

紅塵陌上遊碧柳隄邊住纔趁彩雲來又逐飛花去深深美酒家曲曲幽香路風月有情時總是相逢處

又

長恨涉江遙移近溪頭住閒蕩木蘭舟臥入雙鴛浦無端輕薄雲暗作廉纖雨翠袖不勝寒欲向荷花語

又

遠山眉黛長細柳腰肢裊妝罷立春風一笑千金少

歸去鳳城時說與青樓道偏看潁川花不似師師好

又

落梅亭榭香芳草池塘綠春恨最關情月過闌干曲幾時花裏閒看得花枝足醉後莫思家借取師師宿

又

狂花頃刻香晚蝶纏綿意天與短因緣聚散常容易傳唱入離聲惱亂雙蛾翠游子不堪聞正是衷腸事

又

官身幾日閒世事何時足君貌不長紅我鬢無重綠榴花滿盞香金縷多情曲且盡眼中歡莫嘆時光促

又

春從何處歸試向溪邊問岸柳弄嬌黃隴麥回青潤多情美少年屈指芳菲近誰寄嶺頭梅來報江南信

南鄉子

渌水帶青潮水上朱闌小渡橋橋上女兒雙笑靨妖嬈倚著闌干弄柳條　月夜落花朝減字偷聲按玉簫柳外行人回首處迢迢若此銀河路更遥

又

小蕊受春風日日宮花花樹中恰向柳綿撩亂處相逢笑靨旁邊心字濃　歸路草茸茸家在秦樓更近東醒去醉來無限事誰同說著西池滿面紅

又

花落未須悲紅蕊明年又滿枝唯有花間人別後無期水闊山長雁字遲　今日最相思記得攀條話別離共說春來春去事多時一點愁心入翠眉

又

何處別時難玉指偷將粉淚彈記得來時樓上燭初殘待得清霜滿畫闌　不慣獨眠寒自解羅衣襯枕檀百媚也應愁不睡更闌惱亂心情半被閑

又

晝鴨懶熏香繡茵猶展舊鴛鴦不似同衾愁易曉空牀細剔銀燈怨漏長　幾夜月波涼夢魂隨月到蘭房殘睡覺來人又遠難忘更是無情也斷腸

又

眼約也應虛昨夜歸來鳳枕孤且據如今情分裏相期只恐多時不似初　深意託雙魚小翦蠻箋細字書更把此情重問得何如共結因緣久遠無

又

新月又如眉長笛誰教月下吹樓倚暮雲初見雁南

飛漫道行人雁後歸　意欲夢佳期夢裏關山路不知卻待短書來破恨應遲還是涼生玉枕時

清平樂

留人不住醉解蘭舟去一棹碧濤春水路過盡曉鶯啼處　渡頭楊柳青青枝枝葉葉離情此後錦書休寄畫樓雲雨無憑

又

千花百草送得春歸了拾蕊人稀紅漸少葉底杏青梅小　小瓊閒抱琵琶雪香微透輕紗正好一枝嬌豔當年獨占韶華

又

煙輕雨小紫陌香塵少謝客池塘生綠草一夜紅梅先老　旋題羅帶新詩重尋楊柳佳期強半春寒去後幾番花信來時

又

可憐嬌小掌上承恩早把鏡不知人易老欲占朱顏常好　畫堂秋月佳期藏鉤賭酒歸遲紅燭淚前低語綠箋花裏新詞

又

紅英落盡未有相逢信可恨流年彫綠鬢睡得春酲欲醒　鈿箏曾醉西樓朱絃玉指梁州曲罷翠簾高捲幾回新月如鉤

[illegible]

又

[illegible]

又

[illegible]

又

[illegible]

又

[illegible]

又

[illegible]

又

春雲綠處又見歸鴻去側帽風前花滿路冶葉倡條情緒　紅樓桂酒新開曾攜翠袖同來醉弄影娥池水短簫吹落殘梅

又

波紋碧皺曲水清明後折得疎梅香滿袖暗喜春紅依舊　歸來紫陌東頭金釵換酒銷愁柳影深深細路花梢小小層樓

又

西池煙草恨不尋芳早滿路落花紅不掃春色漸隨人老　遠山眉黛嬌長清歌細逐霞觴正在十洲殘夢水心宮殿斜陽

又

蕙心堪怨也逐春風轉丹杏牆東當日見幽會綠窗題徧　眼中前事分明可憐如夢難憑都把舊時薄倖只消今日無情

又

幺絃寫意意密絃聲碎書得鳳箋無限事猶恨春心難寄　臥聽疎雨梧桐雨餘淡月朦朧一夜夢魂何處那回楊葉樓中

又

笙歌宛轉臺上吳王宴宮女如花倚春殿舞綻縷金

衣綫　酒闌畫燭低迷彩鴛驚起雙棲月底三千繡
戶雲間十二瓊梯

又

暫來還去輕似風頭絮縱得相逢留不住何況相逢
無處　去時略約黃昏月華卻到朱門別後幾番明
月素娥應是消魂

又

雙紋彩袖笑捧金船酒嬌妙如花輕似柳勸客千春
長壽　豔歌更倚疎絃有情須醉尊前恰是可憐時
候玉嬌今夜初圓

又

寒催酒醒曉陌飛霜定背照畫簾殘燭影斜月光中
人靜　錦衣才子西征萬重雲水初程翠黛倚門相
送鸞腸斷處離聲

又

蓮開欲徧一夜秋聲轉殘緣斷紅香片片長是西風
堪怨　莫愁家住溪邊採蓮心事年年誰管水流花
謝月明昨夜蘭船

又

沈思暗記幾許無憑事菊靨開殘秋少味閒卻畫闌
風意　夢雲歸處難尋微涼暗入香襟猶恨那回庭
疏依[illegible]月淺燈深

又

鶯來燕去宋玉牆東路草草幽歡能幾度便有繫人心處　碧天秋月無端別來長照關山一點厭厭誰會依前凭暖闌干

又

心期休問只有尊前分勾引行人添別恨因是語低香近　勸人滿酌金鐘清歌唱徹還重莫道後期無定夢魂猶有相逢

玉樓春

鞦韆院落重簾暮彩筆閑來題繡戶牆頭丹杏雨餘花門外綠楊風後絮　朝雲信斷知何處應作襄王

春夢去紫騮認得舊游蹤嘶過畫橋東畔路

又

小顰若解愁春暮一笑留春春也住晚紅初減謝池花新翠已遮瓊苑路　湔裙曲水曾相遇挽斷羅巾容易去啼珠彈盡又成行畢竟心情無會處

又

小蓮未解論心素狂似鈿箏絃底柱臉邊霞散酒初醒眉上月殘人欲去　舊時家近章臺住盡日東風吹柳絮生憎繁杏綠陰時正礙粉牆偷眼覷

又

風簾向曉寒成陣未報東風消息近試從梅蒂紫邊

尋更繞柳枝柔處問　來遲不是春無信開晚卻疑花有恨又應添得幾分愁二十五絃彈未盡

又

念奴初唱離亭宴會作離聲勾別怨當時垂淚憶西樓溼盡羅衫歌未徧　難逢最是身強健無定莫如人聚散已拚歸袖醉相扶更惱香檀珍重勸

又

玉眞能唱朱簾靜憶上雙蓮池上聽百分蕉葉醉如泥卻向斷腸聲裏醒　夜涼水月鋪明鏡更看嬌花閒弄影曲終人意似流波休問心期何處定

又

阿茸十五腰肢好天與懷春風味早畫眉勻臉不知愁殢酒熏香偏稱小　東城楊柳西城草會合花期如意少思量心事薄輕雲綠鏡臺前還自笑

又　已上舊另刻木蘭花今攺調同併入

初心已恨花期晚別後相思長在眼蘭衾猶有舊時香每到夢回珠淚滿　多應不信人腸斷幾夜夜寒誰共暖欲將恩愛結來生只恐來生緣又短

又

雕鞍好爲鶯花住占取東城南陌路儘教春思亂如雲莫管世情輕似絮　古來都被虛名誤寧負虛名身莫負勸君頻入醉鄉來此是無愁無恨處

[illegible]

又

[illegible]

又[illegible]

[illegible]

[illegible]小山青 十七

又

[illegible]

又

[illegible]

又

[illegible]

又

一尊相遇春風裏詩好似君人有幾吳姬十五語如弦能唱當時樓下水　良辰易去如彈指金盞十分須盡意明朝三丈日高時共拚醉頭扶不起

又

瓊酥酒面風吹醒一縷斜紅臨晚鏡小顰微笑盡妖嬈淺注輕勻長淡淨　手挼梅蕊尋香徑正是佳期期未定春來還爲箇般愁瘦損宮腰羅帶剩

又

清歌學得秦娥似金屋瑤臺知姓字可憐春恨一生心長帶粉痕雙袖淚　從來懶話低眉事今日新聲

誰會意坐中應有賞音人試問回腸曾斷未

又

旗亭西畔朝雲住沈水香煙長滿路柳陰分到畫眉邊花片飛來垂手處　妝成儘任秋娘妒裊裊盈盈當繡戶臨風一曲醉騰騰陌上行人凝恨去

又

離鸞照罷塵生鏡幾點吳霜侵綠鬢琵琶絃上語無憑荳蔻梢頭春有信　相思拚損朱顏盡天若多情終欲問雪窗休記夜來寒桂酒已銷人去恨

又

東風又作無情計豔粉嬌紅吹滿地碧樓簾影不遮

愁還似去年今日意　誰知錯管春殘事到處登臨曾費淚此時金盞直須深看盡落花能幾醉

又

斑騅路與陽臺近前度無題初借問暖風鞭袖儘閒垂微月簾櫳曾暗認　梅花未足憑芳信絃語豈堪傳素恨翠眉繞似遠山長寄與此愁顰不盡

又

紅綃學舞腰肢輭旋織舞衣宮樣染織成雲外雁行斜染作江南春水淺　露桃宮裏隨歌管一曲霓裳紅日晚歸來雙袖酒成痕小字香箋無意展

又

當年信道情無價桃葉尊前論別夜臉紅心緒學梅

妝眉翠工夫如月畫　來時醉倒旗亭下知是阿誰扶上馬憶曾挑盡五更燈不記臨分多少話

又

採蓮時候慵歌舞永日閒從花裏度暗隨蘋末曉風來直待柳梢斜月去　停橈共說江頭路臨水樓臺蘇小住細思巫峽夢回時不減秦源腸斷處

又

芳年正是香英嫩天與嬌波長入鬢蕊珠宮裏舊承恩夜拂銀屏朝把鏡　雲情去住終難信花意有無休更問醉中同盡一杯歡歸後各成孤枕恨

又

輕風拂柳冰初綻細雨銷塵雲未散紅窗靑鏡待妝梅綠陌高樓催送雁　華羅歌扇金蕉醆記得尋芳心緒慣鳳城寒盡又飛花歲歲春光常有恨

減字木蘭花

長亭晚送都似綠窗前日夢小字還家恰應紅燈昨夜花　良時易過半鏡流年春欲破往事難忘一枕高樓到夕陽

又

留春不住恰似年光無味處滿眼飛英彈指東風太淺情　箏絃未穩學得新聲難破恨轉枕花前且伴香紅一夜眠

又

長楊輦路綠滿當年攜手處試逐春風重到宮花花樹中　芳菲繞徧今日不如前日健酒罷淒涼新恨猶添舊恨長

洞仙歌

春殘雨過綠暗東池道玉豔藏羞媚顏笑記當時已恨飛鏡歡疎那至此仍苦題花信少　連環情未已物是人非月下疎梅似伊好澹秀色黯寒香粲若春容何必顧鬧花凡草但莫使情隨歲華遷便杳隔秦源也須能到

菩薩蠻

來時楊柳東橋路曲中暗有相期處明月好因緣欲圓還未圓　卻尋芳草去畫扇遮微雨飛絮莫無情閒花應笑人

又

箇人輕似低飛燕春來綺陌時相見堪恨兩橫波惱人情緒多　長留青鬢住莫放紅顏去占取豔陽天且教伊少年

又

鶯啼似作留春語花飛鬬學回風舞紅日又平西畫簾遮燕泥　煙花還自老緣境人空好香在去年衣魚箋音信稀

又

春風未放花心吐尊前不擬分明語酒色上來遲綠鬢紅杏枝　今朝眉黛淺暗恨歸時遠前夜月當樓相逢南陌頭

又

嬌香淡染胭脂雪愁春細畫彎彎月花月鏡邊人淺妝勻未成　佳期應有在試倚鞦韆待滿地落英紅萬條楊柳風

又

香蓮燭下勻丹雪妝成笑弄金階月嬌畫勝芙蓉臉

邊天與紅　玳筵雙揭鼓喚上華茵舞春淺未禁寒
暗嫌羅袖寬

又 或刻張子野

哀箏一弄湘江曲聲聲寫盡湘波綠纖指十三絃細
將幽恨傳　當筵秋水慢玉柱斜飛雁彈到斷腸時
春山眉黛低

又

江南未雪梅花白憶梅人是江南客猶記舊相逢淡
煙微月中　玉容長有信一笑歸來近懷遠上樓時
晚雲和雁低

又

相逢欲話相思苦淺情肯信相思否還恐漫相思淺
情人不知　憶曾攜手處月滿窗前路長到月來時
不眠猶待伊

阮郎歸

粉痕閒印玉尖纖啼紅傍曉奩舊寒新暖尚相兼梅
疏待雪添　春冉冉恨厭厭章臺對卷簾箇人鞭影
弄涼蟾樓前側帽簷

又

來時紅日弄窗紗春紅入睡霞去時庭樹欲棲鴉香
屏掩月斜　收翠羽整妝華青驪信又差玉笙猶戀
碧桃花今宵未憶家

又

舊香殘粉似當初人情恨不如一春猶有數行書秋來書更疎　衾鳳冷枕鸞孤愁腸待酒舒夢魂縱有也成虛那堪和夢無

又

天邊金掌露成霜雲隨雁字長綠杯紅袖趁重陽人情似故鄉　蘭佩紫菊簪黃殷勤理舊狂欲將沉醉換悲涼清歌莫斷腸

又

曉妝長趁景陽鍾雙蛾著意濃舞腰浮動綠雲穠櫻脣半點紅　憐美景惜芳容沉思暗記中春寒簾幕幾重重楊花盡日風

浣溪沙

二月春花厭落梅仙源歸路碧桃催渭城絲雨勸離杯　歡意似雲真薄倖客鞭搖柳正多才鳳樓人待錦書來

又

臥鴨池頭小苑開晴風吹盡北枝梅長莎輭路幾縈回　靜選綠陰鶯有意漫隨遊騎絮多才去年今日憶同來

又

二月風和到碧城萬條千縷綠相迎舞煙弄日過清

明　妝鏡巧眉偷葉樣歌臺妍曲借枝名晚秋霜霰
莫無情

又

白紵春衫楊柳鞭碧蹄驕馬杏花韉落英飛絮冶遊
天　南陌暖風吹舞榭東城涼月照歌筵賞心多是
酒中仙

又

牀上銀屏幾點山鴨爐香過瑣窗寒小雲雙枕恨春
閒　惜別漫成良夜醉解愁時有翠牋還那回分袂
月初殘

又

綠柳藏烏靜掩關鴨爐香細瑣窗閒那回分袂月初
殘　惜別漫成良夜醉解愁時有翠牋還欲尋雙葉
寄情難

又

家近旗亭酒易酤花時長得醉工夫伴人歌扇懶妝
梳　戶外綠楊春繫馬牀頭紅燭夜呼盧相逢還解
有情無

又

日日雙眉鬬畫長行雲飛絮共輕狂不將心嫁冶遊
郎　濺酒滴殘歌扇字弄花熏得舞衣香一春彈淚
說淒涼

又舊失題次卷末

樓上燈深欲閉門夢雲散處不留痕幾年芳草憶王孫　自日闌干依舊綠試將前事倚黃昏記曾來處易銷魂

又

午醉西橋夕未醒雨花淒斷不堪聽歸時應減鬢邊青　衣化客塵今古道柳含春意短長亭鳳樓爭見路旁情

又

一樣宮妝簇彩舟碧團羅扇自障羞水仙時在鏡中遊　腰自細來多態度臉因紅處轉風流年年相遇綠江頭

又

已拆鞦韆不奈閒卻隨蝴蝶到花間旋尋雙葉插雲鬟　幾褶湘裙煙縷細一鉤羅襪素蟾彎綠箋紅豆憶前歡

又

閒弄箏絃懶繫裙鉛華銷盡見天真眼波低處事還新　悵恨不逢如意酒尋思難值有情人可憐虛度鎖窗春

又

團扇初隨碧簟收畫簾歸燕尚遲留靨朱眉翠喜清

秋　風意未應迷狹路燈痕猶自記高樓露花煙葉
與人愁
又
翠閣朱闌倚處危夜涼閒捻彩簫吹曲中雙鳳已分
飛　綠酒細傾銷別恨紅箋小寫問歸期月華風意
似當時
又
唱得紅梅字字香柳枝桃葉盡深藏遏雲聲裏送雕
觴　纔聽便拚衣袖溼欲歌先倚黛眉長曲終敲損
燕釵梁
又

小杏春聲學浪仙疎梅清唱替哀絃似花如雪繞瓊
筵　腮粉月痕妝罷後臉紅蓮豔酒醒前今年新調
得人憐
又
銅虎分符領外臺五雲深處彩旌來春隨紅旆過長
淮　千里袴襦添舊暖萬家桃李問新栽使星回首
是三台
又
浦口蓮香夜不收水邊風裏欲生秋棹歌聲細不驚
鷗　涼月送歸思往事落英飄去起新愁可堪題葉
寄東樓

[illegible]

[illegible]

[illegible]

又

[illegible]

[illegible]

又

[illegible]

[illegible]

小[illegible]

[illegible]

又

[illegible]

[illegible]

又

[illegible]

[illegible]

[illegible]

又

[illegible]

[illegible]

又

莫問逢春能幾回能歌能笑是多才露花猶有好枝開　綠鬢舊人皆老大紅梁新燕又歸來儘須珍重掌中杯

六么令

綠陰春盡飛絮繞香閣晚來翠眉宮樣巧把遠山學一寸狂心未說已向橫波覺畫簾遮匝新翻曲妙暗許閒人帶偷掐　前度書多隱語意淺愁難答昨夜詩有回紋韻險還慵押都待笙歌散了記取留時霎不消紅蠟閒雲歸後月在庭花舊闌角

又

雪殘風信悠颺春消息天涯倚樓新恨楊柳幾絲碧還是南雲雁少錦字無端的寶釵瑤席彩絃聲裏拚作尊前未歸客　遙想疎梅此際月底香英折別後誰繞前溪手揀繁枝摘莫道傷高恨遠付與臨風笛儘堪愁寂花時往事更有多情箇人憶

又

日高春睡喚起嬾裝束年年落花時候慣得嬌眠足學唱宮梅便好更暖銀笙逐黛蛾低綠堪教人恨卻似江南舊時曲　常記東樓夜雪翠幕遮紅燭還是芳酒杯中一醉光陰促曾笑陽臺夢短無計憐香玉此歡難續乞求歌罷借取歸雲畫堂宿

更漏子

檻花稀地草徧冷落吹笙庭院人去日燕西飛燕歸人未歸　數書期尋夢意彈指一年春事新悵望舊悲涼不堪紅日長

又

柳間眠花裏醉不惜繡裙鋪地釵燕重鬢蟬輕一雙梅子青　粉箋書羅袖淚還有可憐新意遮悶綠掩羞紅晚來團扇風

又

柳絲長桃葉小深院斷無人到紅日淡綠煙晴流鶯三兩聲　雪香濃檀暈少枕上臥枝花好春思重曉

妝遲尋思殘夢時

又

露華高風信遠宿醉畫簾低捲梳洗倦冶遊慵綠窗春睡濃　綵條輕金縷重昨日小橋相送芳草恨落花愁去年同倚樓

又

出牆花當路柳借問芳心可否紅解笑綠能顰千般惱亂春　北來人南去客朝暮等閑攀折憐晚秀惜殘陽情知枉斷腸

又

欲論心先掩淚零落去年風味閑臥處不言時愁多

只自知　到情深俱是怨惟有夢中相見猶似舊奈
人禁偎人說寸心

御街行

年光正似花梢露彈指春還暮翠眉仙子望歸來倚
徧玉城珠樹豈知別後好風涼月往事無尋處　狂
情錯向紅塵住忘了瑤臺路碧桃花蕊已應開欲伴
彩雲飛去回思十載朱顏青鬢枉被浮名誤

又

街南綠樹春饒絮雪滿遊春路樹頭花豔雜嬌雲樹
底人家朱戶北樓閒上疏簾高卷直見街南樹　闌
干倚盡猶慵去幾度黃昏雨晚春盤馬踏青苔曾傍
綠陰深駐落花猶在香屏空掩人面知何處

浪淘沙

高閣對橫塘新燕年光柳花殘夢隔瀟湘綠浦歸帆
看不見還是斜陽　一笑解愁腸人會蛾妝藕絲衫
袖鬱金香曳雪牽雲留客醉且伴春狂

又

小綠間長紅露蕊煙叢花開花落昔年同惟恨花前
攜手處往事成空　山遠水重重一笑難逢已拚長
在別離中霜鬢知他從此去幾度春風

又

麗曲醉思仙十二哀絃穠蛾疊柳臉紅蓮多少雨條

煙葉恨紅淚離筵　行子惜流年鶗鴂枝邊吳隄春水艤蘭船南去北來今漸老難負尊前

又

翠幕綺筵張淑景難忘陽關聲巧繞雕梁美酒十分誰與共玉指持觴　曉枕夢高唐略話衷腸小山池院竹風涼明夜月圓簾四捲今夜思量

訴衷情

種花人自蕊宮來牽衣問小梅今年芳意無數何似應枝開　憑寄語謝瑤臺客無才粉香傳信玉盞開筵莫待春回

又

淨揩妝臉淺勻眉衫子素梅兒方無心緒梳洗閒淡也相宜　雲態度柳腰肢入相思夜來月底今日尊前未當佳期

又

渚蓮霜曉墜殘紅依約舊秋同玉人團扇恩淺一意恨西風　雲去住月朦朧夜寒濃此時還是淚墨書成未有歸鴻

又

憑觴靜憶去年秋桐落故溪頭詩成自寫紅葉和恨向東流　人脈脈水悠悠幾多愁雁書不到蝶夢無憑漫倚高樓

又

小梅風韻最妖嬈開處雪初消南枝欲附春信長恨隴人遥　閒記憶舊江臯路迢迢暗香浮動疎影橫斜幾處溪橋

又

長因蕙草記羅裙綠腰沈水熏闌干曲處人靜曾共倚黃昏　風有韻月無痕暗消魂擬將幽恨試寫殘花寄與朝雲

又

御紗新製石榴裙沈香慢火熏越羅雙帶宮樣飛鸞碧波紋　隨錦字疊香芸寄文君繫來花下解向尊前誰伴朝雲

又

都人離恨滿歌筵清唱倚危絃星屏別後千里重見是何年　驄騎穩繡衣鮮欲朝天北人歡笑南國悲涼迎送金鞭

碧牡丹

翠袖疎紈扇涼葉催歸燕一夜西風幾處傷高懷遠細菊枝頭開嫩香還徧月痕依舊庭院事何限　悵望秋意晚離人鬢華將換靜憶天涯路比此情猶短試約鸞箋傳素期良願南雲應有新雁

望僊樓

小春花信日邊來未上江梅先拆今歲東君消息還
一自南枝得　素衣染盡天香玉酒添成國色自故
溪疎隔腸斷長相憶

行香子

晚綠寒紅芳意匆匆惜年華今與誰同碧雲零落數
字征鴻看渚蓮凋宮扇舊怨秋風　流波墜葉佳期
何在想天教離恨無窮試將前事閒倚梧桐有銷魂
處明月夜粉屏空

點絳唇

花信來時恨無人似花依舊又成春瘦折斷門前柳
天與多情不與長相守分飛後淚痕和酒占了雙
羅袖

又

明月征鞭又將南陌垂楊折自憐輕別拚得音塵絕
杏子枝邊倚偏闌干月依前缺去年時節舊事無
人說

又

碧水東流漫題涼葉津頭寄謝娘春意臨水顰雙翠
日日驪歌空費行人淚成何計未知濃醉閒掩紅
樓睡

又

妝席相逢旋勻紅淚歌金縷意中曾許欲共吹花去

長愛荷香柳色殷橋路留人住淡煙微雨好箇雙棲處

又

湖上西風露花啼處秋香老謝家春草唱得清商好笑倚蘭舟轉盡新聲了煙波渺暮雲稀少一點涼蟾小

少年遊

綠勾闌伴黃昏淡月攜手對殘紅紗窗影裏朦朧春睡繁杏小屏風　須愁別後天高海闊何處更相逢幸有花前一杯芳酒歸計莫匆匆

又

西溪丹杏波前媚臉珠露與深勻南橋翠柳煙中愁黛絲雨惱嬌顰　常年此處聞歌殢酒曾對可憐人今夜相思水長山遠閒臥送殘春

又

離多最是東西流水終解兩相逢淺情終似行雲無定猶到夢魂中　可憐人意薄于雲水佳會更難重細想從來斷腸多處不與這番同

又

西樓別後風高露冷無奈月分明飛鴻影裏擣衣砧外總是玉關情　王孫此際山重水遠何處賦西征金閨魂夢枉丁嚀尋盡短長亭

金剛[illegible]

[illegible]臺王問[illegible] 王[illegible]山[illegible]大[illegible]西[illegible]

西[illegible]高[illegible]合[illegible]月分[illegible]

又

[illegible]來[illegible]大[illegible]

[illegible]中 下[illegible]人[illegible]十重大[illegible]重

[illegible]東西流水[illegible]

又

今[illegible]相[illegible]水[illegible]

[illegible]

西[illegible]

[illegible]山[illegible]

又

[illegible]

[illegible]

[illegible]

[illegible]

[illegible]

[illegible]上西[illegible]

又

[illegible]

[illegible]人[illegible]

又

雕梁燕去裁詩寄遠庭院舊風流黃花醉了碧梧題罷閒臥對高秋　繁雲破後分明素月涼影掛金鉤有人凝澹倚西樓新樣兩眉愁

虞美人

閒敲玉鐙隨隄路一笑開朱戶素雲凝澹月嬋娟門外鴨頭春水木蘭船　吹花拾蕊嬉遊慣天與相逢晚一聲長笛倚樓時應恨不題紅葉寄相思

又

飛花自有牽情處不向枝邊墜隨風飄蕩已堪愁更伴東流流水過秦樓　樓中翠黛含春怨閒倚闌干

偏自彈雙淚惜香紅暗恨玉顏光景與花同

又

曲闌干外天如水昨夜還曾倚初將明月比佳期長向月圓時候望人歸　羅衣著破前香在舊意誰教改一春離恨懶調絃猶有兩行閒淚寶箏前

又

疏梅月下歌金縷憶共文君語更誰情淺似春風一夜滿枝新綠替殘紅　蘋香已有蓮開信兩槳佳期近採蓮時節定來無醉後滿身花影倩人扶

又

玉簫吹徧煙花路小謝經年去更教誰畫遠山眉又

去[illegible]年[illegible]

又

綠[illegible]遮[illegible]來[illegible]蕙香已[illegible]

[illegible]枝[illegible]江[illegible]

[illegible]月下[illegible]金[illegible]一

又

[illegible]一春[illegible]

何[illegible]

曲闌干外天[illegible]

又

[illegible]自彈[illegible]

伴東流[illegible]中[illegible]合[illegible]

[illegible]自有[illegible]

又

曉一[illegible]

小[illegible]頭[illegible]

雨[illegible]玉[illegible]

虞美人

有人[illegible]

[illegible]聞[illegible]

[illegible]

又

是陌頭風細惱人時　時光不解年年好葉上秋聲早可憐蝴蝶易分飛只有杏粱雙燕每來歸

又

秋風不似春風好一夜金英老更誰來凭曲闌干唯有雁邊斜月照關山　雙星舊約年年在笑盡人情改有期無定是無期說與小雲新恨也低眉

又

小梅枝上東君信雪後花期近南枝開盡北枝開長被隴頭遊子寄春來　年年衣袖年年淚堪為今朝意問誰同是憶花人賺得小鳴眉黛也低顰

又

溼紅箋紙回紋字多少柔腸事去年雙燕欲歸時還是碧雲千里錦書遲　南樓風月長依舊別恨無端有倩誰橫笛倚危闌今夜落梅聲裏怨關山

又

一絃彈盡仙韶樂曾破千金學玉樓銀燭夜深深愁見曲中雙淚落千金　從來不奈離聲怨幾度朱絃斷未知誰解賞新音長是好風明月暗知心

採桑子

鞦韆散後朦朧月滿院人閒幾處雕闌一夜風吹杏粉殘　昭陽殿裏春衣就金縷初乾莫信朝寒明日花前試舞看

又

花前獨占春風早長愛江梅秀豔清杯芳意先愁鳳管吹　尋香已落閒人後此恨難裁更晚須來卻恐初開勝未開

又

蘆鞭墜徧楊花陌晚見珍珍疑是朝雲來作高唐夢裏人　應憐醉拂樓中帽長帶歌塵試拂香茵留解金鞭睡過春

又

日高庭院楊花轉閒淡春風昨夜匆匆顰入遙山翠黛中　金盆水冷菱花淨滿面殘紅欲洗猶慵絃上啼鳥此夜同

又　此闋向刻醜奴兒另編

日高庭院楊花轉閒淡春風鶯語惺忪似笑金屏昨夜空　嬌慵未洗勻妝手閒印斜紅新恨重重都與年時舊意同

又

征人去日殷勤囑莫負心期寒雁來時第一傳書慰別離　輕風織就機中素淚墨題詩欲寄相思日日高樓看雁飛

又

花時惱得瓊枝瘦半被殘香睡損梅妝紅淚今春第

一行　風流笑伴相逢處白馬遊韁共折垂楊手撚
芳條說夜長

又

春風不負年年信長趁花期小錦堂西紅杏初開第
一枝　碧簫度曲留人醉昨夜歸遲恨短憑誰鶯語
殷勤月落時

又

秋來更覺銷魂苦小字還稀坐想行思怎得相看似
舊時　南樓把手憑肩處風月應知別後除非夢裏
時時得見伊

又

誰將一點淒涼意送入低眉畫箔閒垂多是今宵得
睡遲　夜痕記盡窗間月曾誤心期準擬相思還是
窗間記月時

又

宜春苑外樓堪倚雪意方濃雁影冥濛正共銀屏小
景同　可無人解相思處昨夜東風梅蕊應紅知在
誰家錦字中

又

白蓮池上當時月今夜重圓曲水蘭船憶伴飛瓊看
月眠　黃花綠酒分攜後淚溼吟箋舊事年年時節
南湖又採蓮

又

高吟爛醉淮西月詩酒相留明日歸舟碧藕花中醉過秋　文姬贈別雙團扇舟瀉銀鉤散盡離愁攜得淸風到別州

又

前歡幾處笙歌地長負登臨月榥風襟猶意西樓著意深　鶯花見盡當時事應笑如今一寸愁心日日寒蟬夜夜砧

又

無端惱破桃源夢明月青樓玉膩花柔不學行雲易去留　應嫌衫袖前香冷重傍金虬歌扇風流遮盡

歸時翠黛愁

又

年時此夕東城見歡意匆匆明日還重卻在樓臺縹渺中　垂螺拂黛淸歌女曾唱相逢秋月春風醉枕香衾一歲同

又

雙螺未學同心綰已占歌名月白風淸長倚昭華笛裏聲　知音敲盡朱顏改寂寞時情一曲離亭借與青樓忍淚聽

又

西樓月下當時見淚粉偷勻歌罷還顰恨隔爐煙看

未眞　別來樓外垂楊縷幾換靑春倦客紅塵長記樓中粉淚人

又

非花非霧前時見滿眼嬌春淺笑微顰恨隔重簾看未眞　殷勤借問家何處不在紅塵若是朝雲宜作今宵夢裏人

又

當時月下分飛處依舊淒涼也會思量不道孤眠夜更長　淚痕揾徧鴛鴦枕重繞迴廊月上東窗長到如今欲斷腸

又

湘妃浦口蓮開盡昨夜紅稀懶過前溪閒艤扁舟看雁飛　去年謝女池邊醉晚雨霏微記得歸時旋折新荷蓋舞衣

又

別來長記西樓事結徧蘭衿遺恨重尋絃斷相如綠綺琴　何時一枕逍遙夜細話初心若問如今也似當年著意深

又

紅窗碧玉新名舊猶綰雙螺一寸秋波一斛明珠覺未多　小來竹馬同遊客慣聽淸歌今日蹉跎惱亂工夫暈翠蛾

又（此闋舊刻醜奴兒另編亦稍有異同日日作閒道閒倚作方看應從作可憐）

昭華鳳管知名久長閉簾櫳日日春慵閒倚庭花暈臉紅　應從金谷無人後此會相逢三弄臨風送得當筵玉醆空

又

金風玉露初涼夜秋草窗前淺醉閒眠一枕江風夢不圓　長情短恨難憑寄枉費紅箋試拂么絃卻恐琴心可倩傳

又

心期昨夜尋思徧猶負殷勤齊斗堆金難買丹誠一寸真　須知枕上尊前意占得長春寄語東鄰似此

相看有幾人

踏莎行

柳上煙歸池南雪盡東風漸有繁華信花開花謝蝶應知春來春去鶯能問　夢意猶疑心期欲近雲箋字字縈方寸宿妝曾比杏腮紅憶人細把香英認

又

宿雨收塵朝霞破暝風光暗許花期定玉人呵手試妝時粉香簾幕陰陰靜　斜雁朱絃孤鸞綠鏡傷春誤了尋芳信去年今日杏牆西啼鶯喚得閒愁醒

又

綠徑穿花紅樓壓水尋芳誤到蓬萊地玉顏人是蕊

珠仙相逢展盡雙蛾翠　夢草閒眠流觴淺醉一春總見瀛洲事別來雙燕又西飛無端不寄相思字

又

雪盡寒輕月斜煙重清懽猶計前時共迎風朱戶背燈開拂簷花影侵簾動　繡枕雙鴛香苣翠鳳從來往事都如夢傷心最是醉歸時眼前少箇人人送

留春令

畫屏天畔夢回依約十洲雲水手撚紅箋寄人書寫無限傷春事　別浦高樓曾漫倚對江南千里樓下分流水聲中有當日凭高淚

又

採蓮舟上夜來陡覺十分秋意懊惱寒花暫時香與情淺人相似　玉蕊歌清招晚醉戀小橋風細水溼紅裙酒初消又記得南溪事

又

海棠風橫醉中吹落香紅强半小粉多情怨飛絮仔細把殘春看　一抹濃檀秋水畔縷金衣新換鸚鵡杯深豔歌遲更莫放人腸斷

清商怨

庭花香信□倘淺最玉樓先暖夢覺春衾江南依舊遠　回紋錦字暗翦漫寄與也應歸晚要問相思天涯猶自短

長相思

長相思長相思若問相思甚了期除非相見時　長相思長相思欲把相思說似誰淺情人不知

醉落魄

滿街斜月垂鞭自唱陽關徹斷盡柔腸歸思切都為人人不許多時別　南橋昨夜風吹雪短亭下征塵歇歸時定有梅堪折欲把離愁細撚花枝說

又

鸞孤月缺兩春惆悵音塵絕如今若負當時節信道懽緣枉向衣襟結　若問相思何處歇相逢便是相思徹儘饒別後留心別也待相逢細把相思說

又

天教命薄青樓占得聲名惡對酒當歌尋思著月戶星窗多少舊期約　相逢細語初心錯兩行紅淚尊前落霞觴且共深深酌惱亂春宵翠被都閒卻

又

休休莫莫離多還是因緣惡有情無奈思量著月夜佳期近寫香箋約　心心□□長恨昨分飛容易當時錯後期休似前歡薄買斷青樓莫放春閒卻

西江月

愁黛顰成月淺啼妝印得花殘只消鴛枕夜來閒曉鏡心情便懶　醉帽簷頭風細征衫袖口香寒綠江

春水寄書難攜手佳期又晚

又

南苑垂鞭路冷西樓把袂人稀庭花遊有鬢邊枝且插殘紅自醉　畫幕涼催燕去香屏曉放雲歸依前青枕夢回時試問閒愁有幾

武陵春

綠蕙紅蘭芳信歇金蕊正風流應爲詩人多怨秋花意與銷愁　梁王苑路香英密長記舊嬉遊會看飛瓊戴滿頭浮動舞梁州

又

九日黃花如有意依舊滿珍叢誰似龍山秋興濃吹帽落西風　年年歲歲登高節懽事旋成空幾處佳人此會同今在淚痕中

又

煙柳長隄知幾曲一曲一魂銷秋水無情天共遠愁送木蘭橈　熏香繡被心情懶期信轉迢迢記得來時倚畫橋紅淚滿鮫綃

解佩令

玉階秋感年華暗去掩深宮團扇無情緒記得當時自翦下機中輕素點丹青畫成秦女　涼襟猶在朱絃未改忍霜紈飄零何處自古悲涼是情事輕如雲雨倚么絃恨長難訴

西[illegible]

盤[illegible]

白[illegible]

王[illegible]

[illegible]令

[illegible]

[illegible]

[illegible]由一曲一[illegible]

又

人生[illegible]今[illegible]中

[illegible]

小山詞 [illegible]

[illegible]

又

[illegible]

[illegible]

[illegible]

[illegible]

[illegible]

[illegible]

又

[illegible]又[illegible]

泛清波摘遍

催花雨小著柳風柔都似去年時候好露紅煙綠盡有狂情鬭春早長安道鞦韆影裏絲管聲中誰放豔陽輕過了倦客登臨暗惜花光陰恨多少　楚天渺歸思正如亂雲短夢未成芳草空把吳霜鬢華自悲清曉帝城杳雙鳳舊約漸虛孤鴻後期難到且趁朝花夜月翠尊頻倒

歸田樂

試把花期數便早有感春情緒看即梅花吐願花更不謝春且長住只恐去　春去花開還不語此意年年春會否絳脣青鬢漸少花前語對花又記得舊會

遊處門外垂楊未飄絮

河滿子

對鏡偷勻玉筯背人學寫銀鉤繫誰紅豆羅帶角心情正著春遊那日楊花陌上多時杏子牆頭　眼底關山無奈夢中雲雨空休問看幾許憐才意兩蛾藏盡離愁難拚此回腸斷終須鎖定紅樓

又

綠綺琴中心事齊紈扇上時光五陵年少渾薄倖輕如曲水飄香夜夜魂銷夢峽年年淚盡啼湘　歸雁行邊遠字驚鸞舞處離腸蕙樓多少鉛華在從來錯倚紅妝可羨鄰姬十五金釵早嫁王昌

于飛樂

曉日當簾睡痕猶占香腮輕盈笑倚鸞臺暈殘紅勻
宿翠滿鏡花開嬌蟬鬢畔插一枝淡蕊疏梅　每到
春深多愁饒恨妝成懶下香階意中人從別後縈繫
情懷良辰好景相思字喚不歸來

愁倚闌令

憑江閣看煙鴻恨春濃還有當年聞笛淚灑東風
時候草紅花綠斜陽外遠水溶溶渾似阿蓮雙枕畔
畫屏中

又

花陰月柳梢鶯近清明長恨去年今夜雨灑離亭

枕上懷遠詩成紅箋紙小砑吳綾寄與征人教念遠
莫無情

又

春羅薄酒醒寒夢初殘欹枕片時雲雨事已關山
樓上斜日闌干樓前路曾試雕鞍拚卻一襟懷遠淚
倚闌看

破陣子

柳下笙歌庭院花間姊妹鞦韆記得青樓當日事寫
向紅窗夜月前憑誰寄小蓮　絳蠟等閑陪淚吳蠶
到了纏綿綠鬢能供多少恨未肯無情比斷絃今年
老去年

好女兒

綠遍西池梅子青時儘無端盡日東風惡更霏微細雨惱人離恨滿路春泥　應是行雲歸路有閒淚灑相思想旗亭望斷黃昏月又依前誤了紅箋香信翠袖歡期

又

酌酒殷勤儘更留春忍無情便賦餘花落待花前細把一春心事問箇人人　莫似花開還謝願芳意且常新倚嬌紅待得歡期定向水沉煙底金蓮影下睡過佳辰

兩同心

楚鄉春晚似入仙源拾翠處隨流水踏青路暗惹香塵心心在柳外青帘花下朱門　對景且醉芳尊莫話銷魂好意思曾同明月愁滋味最是黃昏相思處一紙紅箋無限啼痕

滿庭芳

南苑吹花西樓題葉故園歡事重重憑闌秋思閒記舊相逢幾處歌雲夢雨可憐流水各西東別來久淺情未有錦字繫征鴻　年光還少味開殘檻菊落盡溪桐漫留得尊前淡月西風此恨誰堪共說清愁付綠酒杯中佳期在歸時待把香袖看啼紅

風入松

風入松

[illegible]

情未有[illegible][illegible][illegible][illegible]年光[illegible][illegible][illegible]

[illegible]不合[illegible][illegible][illegible][illegible]

[illegible]重[illegible][illegible]秋[illegible][illegible]

[illegible]

一[illegible]

[illegible]

[illegible]春[illegible][illegible][illegible][illegible]

小山詞

[illegible]

[illegible]人[illegible]人

[illegible]

又

[illegible]

相思[illegible][illegible]又[illegible]

[illegible]人[illegible]

[illegible]

又

柳陰庭院杏梢牆依舊巫陽鳳簫已遠青樓在水沈難復暖前香臨鏡舞鸞離照倚箏飛雁辭行　墜鞭人意自淒涼淚眼回腸斷雲殘雨當年事到如今幾處難忘兩袖曉風花陌一簾夜月蘭堂

又

心心念念憶相逢別恨誰濃就中懊惱難拚處是擘釵分鈿匆匆卻似桃源路失落花空記前蹤　彩箋書盡浣溪紅深意難通強灌殢酒圖消遣到醒來愁悶還重若是初心未改多應此意須同

秋蕊香

池苑清陰欲就還傍送春時候眼中人去歡難偶誰共一杯芳酒　朱闌碧砌皆如舊記攜手有情不管別離久情在相逢終有

又

歌徹郎君秋草別恨遠山眉小無情莫把多情惱第一歸來須早　紅塵自古長安道故人少相思不比相逢好此別朱顏應老

思遠人

紅葉黃花秋意晚千里念行客飛雲過盡歸鴻無信何處寄書得　淚彈不盡臨窗滴就硯旋研墨漸寫到別來此情深處紅箋為無色

鳳孤飛

一曲畫樓鐘動宛轉歌聲緩綺席飛塵座滿更小待金蕉暖　細雨輕寒今夜短依前是粉牆別館端的懽期應未晚奈歸雲難管

慶春時

倚天樓殿昇平風月彩仗春移鸞絲鳳竹長生調裏迎得翠輿歸　雕鞍遊罷何處還有心期濃熏翠被深停畫燭人約月西時

又

梅梢已有春來音信風意猶寒南樓暮雪無人共賞閒卻玉闌干　殷勤今夜涼月還似眉彎尊前為把桃根麗曲重倚四絃看

喜團圓

危樓靜鎖窗中遠岫門外垂楊珠簾不禁春風度解偷送餘香　眠思夢想不如雙燕得到蘭房別來只是憑高淚眼感舊離腸

憶悶令

取次臨鸞勻畫淺酒醒遲來晚多情愛惹閒愁長黛眉低斂　月底相逢見有深深良願願期信似月如花須更交長遠

梁州令

莫唱陽關曲淚溼當年金縷離歌自古最消魂于今更在魂銷處　南橋楊柳多情緒不繫行人住人情

卻似飛絮悠揚便逐春風去

燕歸來

蓮葉雨蓼花風秋恨幾枝紅遠煙收盡水溶溶飛雁碧雲中　衷腸事魚箋字情緒年年相似凭高雙袖晚寒濃人在月橋東

補亡一編補樂府之亡也叔原往者浮沈酒中病世之歌詞不足以析酲解慍試續南部諸賢餘緒作五七字語期以自娛不獨敘其所懷兼寫一時杯酒間聞見所同遊者意中事嘗思感物之情古今不易竊以謂篇中之意昔人所不遺第于今無傳爾故今所製通以補亡名之始

時沈十二廉叔陳十君寵家有蓮鴻蘋雲品清謳娛客每得一解即以草授諸兒吾三人持酒聽之爲一笑樂已而君寵疾廢臥家廉叔下世昔之狂篇醉句遂與兩家歌兒酒使俱流轉于人間自爾郵傳滋多積有竄易七月已巳爲高平公綴緝成編追維往昔過從飲酒之人或壠木已長或病不偶考其篇中所紀悲歡合離之事如幻如電如昨夢前塵但能掩卷憮然感光陰之易遷嘆境緣之無實也

小山詞終

图书在版编目(CIP)数据

小山词 /（宋）晏几道著；（明）毛晋辑. —北京：
中国书店，2012.9
（中国书店藏版古籍丛刊）
ISBN 978-7-5149-0455-0

Ⅰ.①小…　Ⅱ.①晏…②毛…　Ⅲ.①宋词—选集
Ⅳ.① I222.844

中国版本图书馆CIP数据核字（2012）第211077号

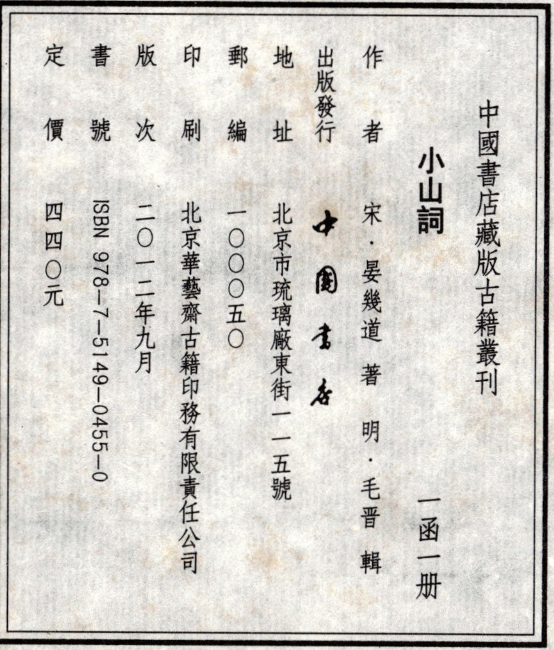
中國書店藏版古籍叢刊

小山詞

一函一册

作　　者　宋·晏幾道 著　明·毛晋 輯
出版發行　中國書店
地　　址　北京市琉璃廠東街一一五號
郵　　編　一〇〇〇五〇
印　　刷　北京華藝齋古籍印務有限責任公司
版　　次　二〇一二年九月
書　　號　ISBN 978-7-5149-0455-0
定　　價　四四〇元